AF460701

21 janvier 1884

COLLECTION

DE FEU

M. le Docteur COURT

IMPRIMÉ PAR PILLET ET DUMOULIN
RUE DES GRANDS-AUGUSTINS, 5, A PARIS.

CATALOGUE

DE

TABLEAUX

MODERNES

COMPOSANT

La Collection de feu M. le Docteur COURT

DONT LA VENTE AURA LIEU

HOTEL DROUOT, SALLE N° 8

Le Lundi 21 Janvier 1884,

A deux heures.

COMMISSAIRE-PRISEUR	EXPERT
Me PAUL CHEVALLIER,	M. GEORGES PETIT
10, rue de la Grange-Batelière.	12, rue Godot-de-Mauroy

Chez lesquels se trouve le présent Catalogue.

EXPOSITIONS

PARTICULIÈRE : Le Samedi 19 Janvier 1884,
PUBLIQUE : Le Dimanche 20 Janvier 1884,
De une heure à cinq heures.

CONDITIONS DE LA VENTE

La vente sera faite au comptant.

Les acquéreurs payeront cinq pour cent en sus des enchères.

Paris. — Typ. Pillet et Dumoulin, 5, rue des Grands-Augustins.

DÉSIGNATION

ANASTASI

1 — *Moulins au bord d'un canal en Hollande.*

Effet de lune.

Bois. Haut., 28 cent.; Larg., 40 cent.

BARON

2 — *Odalisque.*

Bois. Haut., 21 cent.; Larg., 31 cent.

BARON

3 — *Le Rendez-vous.*

Bois Haut., 25 cent.; Larg , 15 cent

BAUDIT

4 — *Paysage des Landes.* — 135

Effet de lune.

Bois. Haut., 33 cent.; Larg., 57 cent.

BERGERET

5 — *Nature morte, moules et crevettes.*

Toile. Haut., 30 cent.; Larg., 40 cent.

BERGUE (Tony de)

6 — *Un Hallebardier.* — 135

Bois. Haut., 41 cent.; Larg., 31 cent.

BONNAT

7 — *Juif arabe.* — 1700

Toile. Haut., 36 cent; Larg., 27 cent.

BRISSOT

8 — *Vaches et moutons au bord d'une mare.*

Bois. Haut., 14 cent.; Larg., 23 cent.

BRISSOT

9 — *Troupeau de moutons dans la campagne.*

Bois. Haut., 15 cent.; Larg., 23 cent.

CHAPLIN

10 — *Jeune fille à sa toilette.*

Toile. Haut., 43 cent.; Larg. 32 cent.

COROT

11 — *Vaches dans une mare, soleil couchant. .*

Toile. Haut., 29 cent.; Larg., 41 cent.

COROT

12 — *Sentier près d'un bouquet d'arbres.* — 1400

Peint sur cuivre.

Haut., 23 cent.; Larg., 30 cent.

COROT

13 — *Paysage.*

Bois. Haut., 10 cent.; Larg., 17 cent.

DAUBIGNY

14 — *Bords de l'Oise, soleil couchant.* — 4000

Bois. Haut., 33 cent.; Larg., 57 cent.

DAUBIGNY

15 — *Ville au bord d'un fleuve.* — 5100

Daté 1874.

Bois. Haut., 39 cent.; Larg., 65 cent.

DIAZ

16 — *Chiens sous bois.* — 4600

Daté 1847.

Bois. Haut., 20 cent.; Larg., 24 cent.

DIAZ

17 — *Nymphe assise.* — 2155

Bois. Haut., 20 cent.; Larg., 15 cent.

DIAZ

18 — *Ruisseau sous bois.*

Bois. Haut., 15 cent.; Larg., 21 cent.

DIAZ

19 — *Allée sous bois.* — 4800

Daté 1860.

Bois. Haut., 43 cent.; Larg., 33 cent.

DIAZ

20 — *Orientale.*

Toile. Haut., 32 cent.; Larg., 24 cent.

DIAZ

21 — *Bouleaux sous bois.*

Bois. Haut. 24 cent.; Larg., 35 cent.

DE DREUX (Alfred)

22 — *Chien et chat.*

Daté 1858.

Toile. Haut., 36 cent.; Larg., 41 cent.

DUBOUTY

23 — *Italienne.*

Daté 1866.

Toile. Haut., 44 cent.; Larg., 36 cent.

DUPRÉ (Jules)

24 — *L'Orage.* — 7150

Toile. Haut., 30 cent. Larg., 40 cent.

DUPRÉ (Jules)

25 — *La Mare, ciel orageux.* — 5200

Toile. Haut., 40 cent.; Larg., 62 cent.

DURAND-BRAGER

26 — *Marée basse.* — 125

Toile. Haut., 30 cent.; Larg., 47 cent.

DUVIEUX

27 — *La Piazzetta, Venise.* — 160

Bois. Haut., 16 cent.; Larg., 28 cent.

DUVIEUX

28 — *Pêcheur à la ligne.*

Aquarelle.

DUVIEUX

29 — *Paysage, soleil couchant.*

Aquarelle.

FLERS

30 — *Paysage.*

Bois. Haut., 24 cent.; larg., 32 cent.

FLERS

31 — *Village au bord d'un ruisseau.*

Toile. Haut., 22 cent.; larg., 34 cent.

GUILLEMIN

32 — *Paysan breton.*

Bois. Haut., 33 cent.; Larg., 22 cent.

HARPIGNIES

33 — *Saint Privat.*

Aquarelle. Daté 1883.

HARPIGNIES

34 — *Quai de Bercy.*

Aquarelle. Daté 1883.

HENNER

35 — *L'Extase, tête de femme.* — 2700

Bois. Haut., 26 cent.; Larg., 22 cent.

HENNER

36 — *Rêverie, tête de femme.* — 1.900

Forme ovale.

Bois. Haut., 27 cent.; Larg., 22 cent.

HENNER

37 — *Madeleine agenouillée.* — 3900

Étude.

Bois. Haut., 27 cent.; Larg., 22 cent.

HERMANN (Léon)

38 — *Singe jouant au bilboquet.* — 300

Bois. Haut., 27 cent. Larg., 21 cent.

HUGUET

39 — *Halte à la fontaine.* — 510

Souvenir d'Algérie.

Toile. Haut., 38 cent.; Larg., 52 cent.

ISABEY

40 — *Pêcheurs poussant leurs barques à la mer.*

Bois. Haut., 22 cent. Larg., 33 cent.

ISABEY

41 — *Visite au château.*

Daté 1866.

Toile. Haut., 29 cent.; Larg., 40 cent.

ISABEY

42 — *Prédicateur en chaire.*

Daté 1863.

Bois. Haut., 27 cent.; Larg., 21 cent.

ISABEY

43 — *Barques sur le sable.*

Peint sur carton.

Haut. 21 cent.; Larg. 37 cent.

JACQUE (CHARLES)

44 — *Moutons dans une bergerie.* — 1.420

Bois. Haut., 20 cent.; Larg., 30 cent.

JACQUE (CHARLES)

45 — *Poulailler.* — 1.800

Toile. Haut., 24 cent.; Larg., 34 cent.

JACQUE (CHARLES)

46 — *Fille de ferme dans une bergerie.* — 2750

Bois. Haut., 43 cent.; Larg., 36 cent.

JACQUE (CHARLES)

47 — *Coqs et poules dans une basse-cour.* 2600

Daté 1869.

Toile. Haut., 43 cent.; Larg., 65 cent.

JACQUE (Charles)

48 — *Poules et moutons dans une bergerie.*

Toile. Haut., 43 cent.; Larg., 67 cent.

JACQUET (Gustave)

49 — *Tête de jeune fille.* — 2020

Toile. Haut., 32 cent.; Larg., 22 cent.

LALAISSE (H.)

50 — *Officier albanais.*

Sépia.

LALAISSE (H.)

51 — *Soldat albanais.*

Sépia.

LAMBINET (E.)

52 — *Paysage.*

Bois. Haut., 20 cent.; Larg., 32 cent.

LEBEL (Ed.)

53 — *Petit Napolitain.*

Daté 1863.

Haut., 18 cent.; Larg., 21 cent.

LEFÈVRE (Ad.)

54 — *Femme au bain.*

Toile. Haut., 21 cent.; Larg., 16 cent.

LEMMENS

55 — *Retour de la pêche.*

Daté 1854.

Toile. Haut., 18 cent.; Larg., 24 cent.

LEMMENS

56 — *Paysage.*

Toile. Haut., 9 cent.; Larg., 18 cent.

MAROTIN

57 — *Bords de rivière.*

Soleil couchant.

Bois. Haut. 11 cent.; Larg. 19 cent.

MÉLIN (E.)

58 — *Chiens se disputant un os.* — 1300

Salon de 1867.

Toile. Haut., 65 cent.; Larg., 82 cent.

MÉLIN

59 — *Epagneuls écossais.* — 2850

Forme ronde. (Salon de 1867.)

Toile. 58 cent.

MÉLIN

60 — *Chien près d'un terrier.* — 155

Toile. Haut., 15 cent.; Larg., 22 cent.

MÉLIN

61 — *Chiens se battant.*

Daté 1866.

Toile. Haut., 16 cent.; Larg., 23 cent.

MÉLIN

62 — *Chien de chasse.*

Dessin.

MIRALLÈS

63 — *Capucin.*

Toile. Haut., 35 cent.; Larg., 25 cent. 220

MOROT (Aimé)

64 — *Tête d'Orientale.* — 1000 1020

Toile. Haut., 46 cent.; Larg., 37 cent.

DE NEUVILLE

65 — *Clairon de chasseurs à pieds.* — 2750

Daté 1874.

Bois. Haut., 28 cent.; Larg., 18 cent.

DE NEUVILLE

66 — *Porte-fanion.* — 2700

Daté 1879.

Toile. Haut., 31 cent.; Larg., 21 cent.

NOEL (Jules)

67 — *Barques de pêche à marée basse.*

Toile. Haut., 26 cent.; Larg., 49 cent.

PASINI

68 — *Cavaliers turcs à la porte d'une habitation.* 2600

Souvenir de Constantinople.
Daté 1868.

Bois. Haut., 28 cent.; Lar g., 22 cent.

DE PENNE

69 — *Chiens courants et bassets.*

Bois. Haut., 40 cent.; Larg. 26 cent.,

DE PENNE

70 — *Chiens de chasse au pied d'un arbre.*

Bois. Haut., 40 cent.; Larg., 26 cent.

PILS

71 — *Artilleur.* — 310

Étude pour le tableau *la Prise de Malakoff.*
(Vente Pils.)

Toile. Haut., 36 cent.; Larg., 29 cent.

PILS

72 — *Zouave en tenue de campagne.* — 480

Toile. Haut. 39 cent. Larg. 29 cent.

REYNAUD

73 — *Jeune garçon jouant avec un chien.* 120

Bois. Haut., 21 cent.; Larg., 15 cent.

RIBOT

74 — *Philosophe lisant.* — 2000

Il est assis ; près de lui un gros in-folio et un encrier.

Toile. Haut., 1 m.; Larg. 80 cent.

RIBOT

75 — *Jeune fille composant un bouquet.* — 1210

Toile. Haut., 45 cent.; Larg., 37 cent.

RIBOT

76 — *Un cuisinier.*

Toile. Haut., 88 cent.; Larg., 71 cent.

RIBOT

77 — *Jeune fille.*

Toile. Haut., 90 cent.; Larg., 64 cent.

RIBOT

78 — *Berger.*

Toile. Haut., 90 cent.; Larg., 72 cent.

ROYBET

79 — *Le Trompette.*

Il est assis dans un corps de garde, coiffé d'un chapeau à plume et revêtu d'un costume d'étoffe brillante.

Bois. Haut., 45 cent.; Larg., 32 cent.

ROYBET

80 — *Homme d'armes.*

Tête d'étude.

Bois. Haut. 24 cent. Larg. 20 cent.

SCHACHENGER

81 — *Tête de femme, costume moyen âge.*

Munich 1880.

Bois. Haut., 32 cent.; Larg., 24 cent.

SCHOMMER

82 — *Madeleine.*

Tête d'étude.

Toile. Haut., 39 cent. Larg., 31 cent.

THOMAS (Félix)

83 — *Nature morte, gibier.*

Daté 1878.

Toile.

THOMAS (Félix)

84 — *Nature morte, fleurs et fruits.*

Salon de 1866.

VAN MARCKE

85 — *Pâturage en Normandie.* — 9500

Un troupeau de vaches, les unes debout, les autres couchées, occupe le centre du tableau; à gauche les falaises, et au fond, la mer.

Toile, Haut. 53 cent. Larg. 83 cent..

VAN MARCKE

86 — *Vache dans une prairie.* — 3100

Toile. Haut., 47 cent.; Larg., 70 cent.

VEYRASSAT

87 — *Charrette de paille attelée de six chevaux.* — 1020

Bois. Larg. 13 cent. Haut. 26 cent.

VEYRASSAT

88 — *Valet de ferme étrillant un cheval.*

Bois. Haut. 11 cent.; 15 cent.

VEYRASSAT

89 — *Chevaux de trait à l'abreuvoir.*

Bois. Haut. 21 cent. Larg. 16 cent.

VOLLON

90 — *Nature morte, saladier de fraises.*

Bois. Haut. 31 cent.; Larg. 40 cent.

VOLLON

91 — *Nature morte, chaudron.*

Bois. Haut., 24 cent. Larg. 33 cent.

VOLLON

92 — *Nature morte, œufs sur le plat.*

Toile. Haut. 36 cent. Larg. 45 cent.

VOLLON

93 — *Nature morte, plat d'huîtres.*

Bois. Haut. 50 cent. Larg. 72 cent.

VOLLON

94 — *Bouquet de fleurs.*

Toile. Haut. 70 cent.; Larg. 56 cent.

VOLLON

95 — *Nature morte, poissons.*

Haut. 65 cent.; Larg. 81 cent.

VOLLON

96 — *Paysage.* — 980

Toile. Haut. 44 cent.; Larg. 55 cent.

WORMS

97 — *Jeune Portugaise.*

Bois. Haut. 21 cent. Larg. 16 cent.

ZIEM

98 — *Voilier sortant du grand canal, Venise.* — 3400

Bois. Haut. 27 cent.; Larg. 40 cent.

ZIEM

99 — *Une rue à Venise.* — 1650

Bois. Haut. 39 cent.; Larg. 27 cent.

ZIEM

100 — *L'Entrée du grand canal.* — 2850

Toile. Haut. 40 cent.; Larg. 61 cent.

INCONNU

101 — *Intérieur de bois.*

Aquarelle